hysteria

[名詞] 癔病；歇斯底里；瘋狂脫序的情感宣洩

直到近代以前有長達兩千年的時間，此種症狀被認爲是女性獨有，爲子宮在體內倒錯遊走、擾動、作祟所致。

hysteria

[名詞] 癔病；歇斯底里；瘋狂取寵的情感表現直到近代以前曾是發生于婦女的疾病，此種症狀據說是由性驅動，感于子宮在體內的游走之遊動，作祟所致。

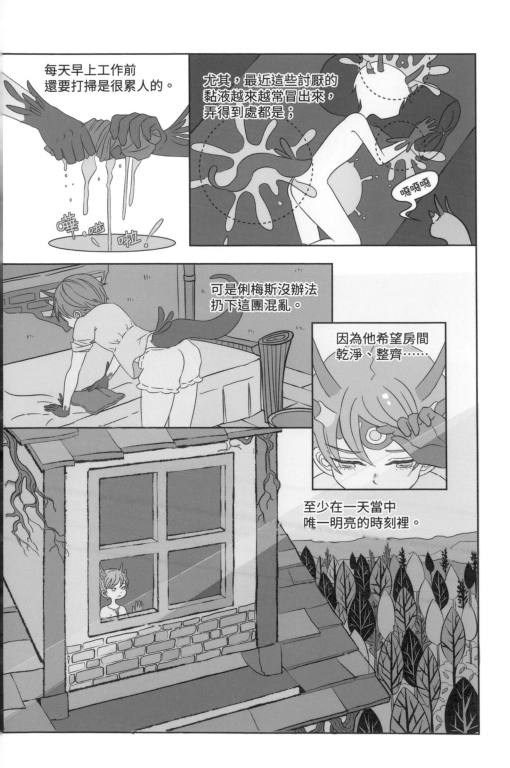

俐梅斯
別無選擇。

他得為這片黑暗的主人工作，
全年無休，不得怨尤；

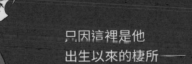

只因這裡是他
出生以來的棲所──

也是唯一的歸處。

從前從前，

魔女們在森林深處
以蔓生的月色
為根基建造起大屋，

在裡面堆滿了
戰利品與收藏。

當中還包括一些
因找樂子而產生的
濕黏生物——

而俐梅斯的故事
正是由此開始。

今天，
他也從一大早就

最近好像還
越來越黏了呢……

蛞蝓
所以是俐梅斯啊。

做著魔女們
吩咐的工作。

當一名新魔女與月神立下契約，
便會透過儀式將子宮取出，
養在容器裡面。

藉由吸收月之精華，
子宮成為魔女的力量來源；
但引力帶起的潮起潮落，
則需要定期養護。

～養護的步驟～

1. 打開瓶子，取出來潮的子宮。
※ 如果在取出過程中不慎
讓子宮逃脫，可用薰香誘引後捕捉。

2. 更換被染紅的溶液。
期間滴落的潮水，
用具彈性的小杯塞入陰道盛裝。

4. 重新把子宮
放進瓶子裡，
封好瓶口。

雖然辛苦，
但對俐梅斯來說，
這些還稱不上麻煩。

真正麻煩的……

3. 將子宮裡
殘留的淤積
清理乾淨。

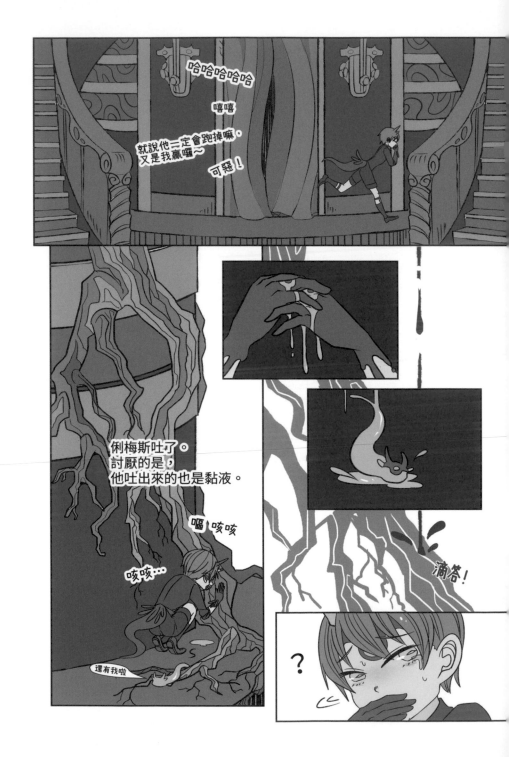

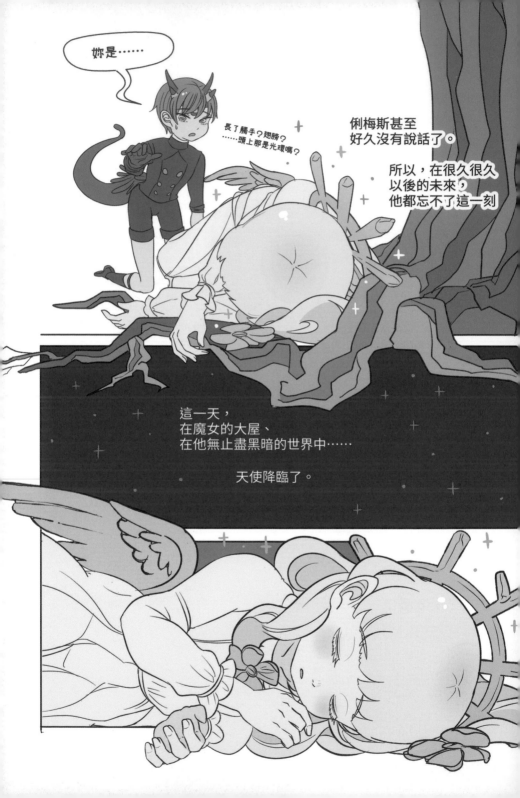

被魔女奴役的男孩，
把天使帶回了自己的房間。

他翻出私藏的人類書籍，
尋找關於天使的線索。

然而⋯⋯

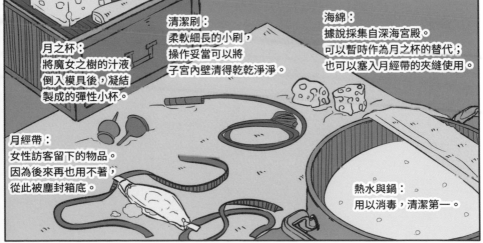

從這天開始，
潮濕陰暗的小房間，
隨著珂萊因的到來而窗明几淨。
「珂萊因一定是特別的。
有她的日子彷彿閃閃發光。」
俐梅斯心想。

雖然不知道她為什麼留下來、
更不知道她為什麼對自己那麼溫柔；
但俐梅斯還是好希望
珂萊因可以一直待在自己身邊。

然而，這裡是魔女的大屋……

俐梅斯盼望能停止討厭自己。
暫時，只是暫時也好，
停止討厭這個骯髒的自己。

於是他與珂萊因一起出發了。
前往人類的城鎮，
那片耀眼的世界……

珂萊因不記得自己墜落時發生了什麼。

但是它記得更早的事情。

人類的城鎮有
各式各樣的規矩。

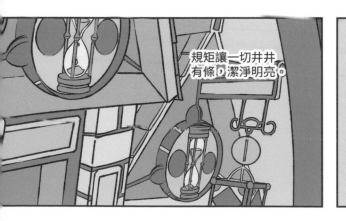

規矩讓一切井井
有條，潔淨明亮。

遵循著規矩生活，
大家都能幸福快樂。

規矩無所不在。

劇場裡，舞台上，

謳歌幸福的故事
也會遵循規矩上演：

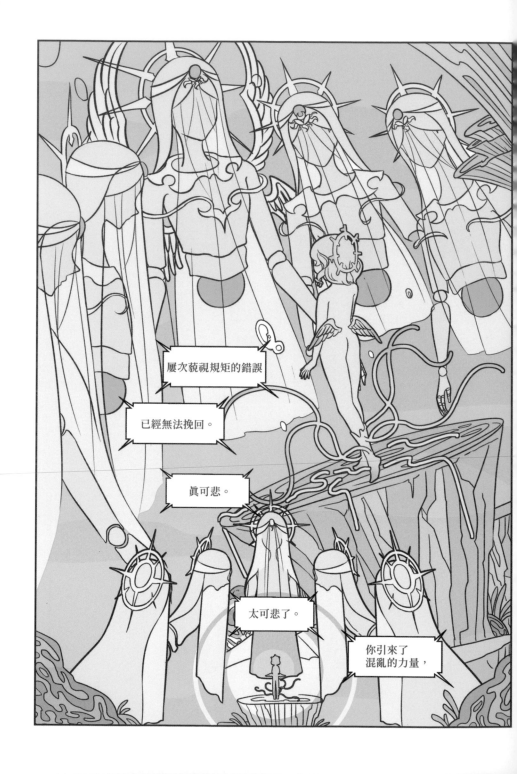

這些紅色的
該不會……

俐梅斯認得這些東西。

魔女們的力量也有著相似的色彩。
但它們怎麼會纏上珂萊因呢？

喂，是不是
在那邊？

糟了！

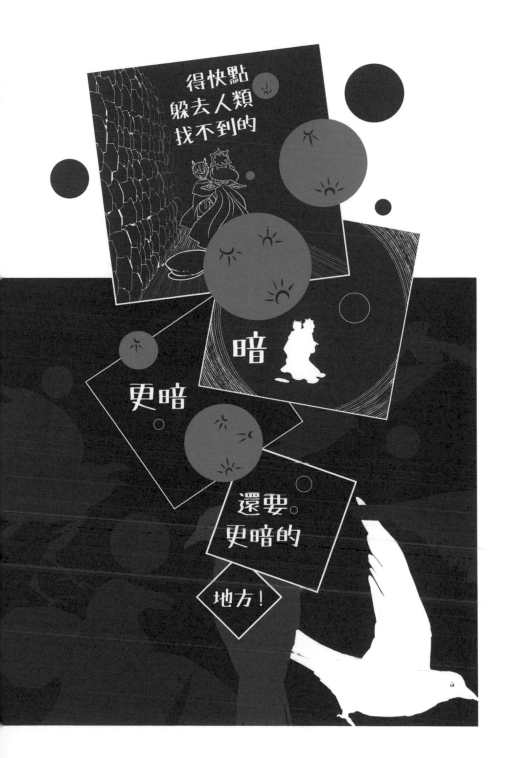

城鎮裡的人們為這齣鬧劇感到憤怒。
為了清除怪物留下的髒污，
他們點起薰香，讓潔淨的氣味
徹底滲透大街小巷的每個角落。

但直到最後，人類都
沒逮到罪魁禍首；
怪物已經躲到了
黑暗的最深處。

那是早已
分不清方向的

視野中只剩下
一片混沌的

最黑暗的地方——

俐梅斯決定暫時不去想那些
令人不安的問題。

回歸一成不變的日子，
他大可以把它們拋諸腦後。

透過窗戶往外看，

黎明微光之下，
遠處的風景依舊。

但是俐梅斯隱約覺得，
那座曾經憧憬的城鎮

如今籠罩在煙霧之中，
好像不再那麼閃閃發光。

已經沒必要再去
人類的城鎮了喔。

能和珂萊因一起
好好待在這裡，
就是我現在的願望。

擅自逃跑的俐梅斯
被魔女們狠狠處罰了一番。
陰暗潮濕的日子
再度永無止盡。

但當他回到房間
看到珂萊因的笑容，
便覺得一切都不再難以忍受。
只要能一直這樣下去就好，
俐梅斯心想。

但是，歲月即便緩慢
仍無可避免地流逝著⋯⋯

現在，俐梅斯
最不需要的就是
引發變動的契機。

例如那些帶來
混亂的鮮豔色彩。

那些腥紅色的
怪異力量。

俐梅斯必須弄清楚
珂萊因身上
到底發生了什麼事。

但這次沒有一本
人類的書籍能告訴他答案。

你心裡早就
有譜了吧？

待在這座髒兮兮的大屋，
和髒兮兮的你在一起，

沾染上魔女的汙穢，
也是遲早的事嘛——

住口！

吵鬧的黏液最近愈發猖狂，
俐梅斯只能把它們鎖在地窖裡。

黏液盤據了地窖的角落，
堆積成一座座小山。

它們的聲音愈來愈難忽略，
但俐梅斯仍努力充耳不聞。

小黏黏

在這又黑又臭的地窖偷想珂萊因你真可悲耶

底里

啦歐斯

快去工作

珂萊因和魔女們
才不一樣……

你怎麼還在啊？

沒有比半途而廢的
鬧劇更讓人掃興的了。

那副死樣子
我實在看得很膩……

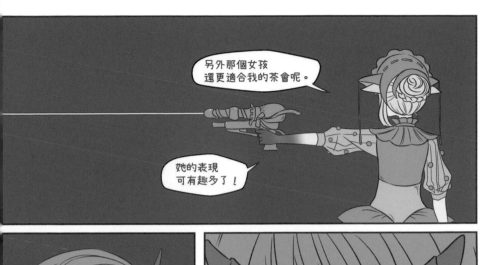

另外那個女孩
還更適合我的茶會呢。

她的表現
可有趣多了！

珂萊因
來過這裡？

哎喲，什麼時候
輪到你質問主人啦？

這算什麼，

怕被開除所以
毛遂自薦？

你倒知道我的新玩具
需要一個靶子呢。

俐梅斯是知道的。

小房間和人類的書籍
早已容不下
珂萊因的好奇心，

所有未知的事物
都能輕易把她招過去。

可是跑去和魔女接觸
還是太危險了⋯⋯

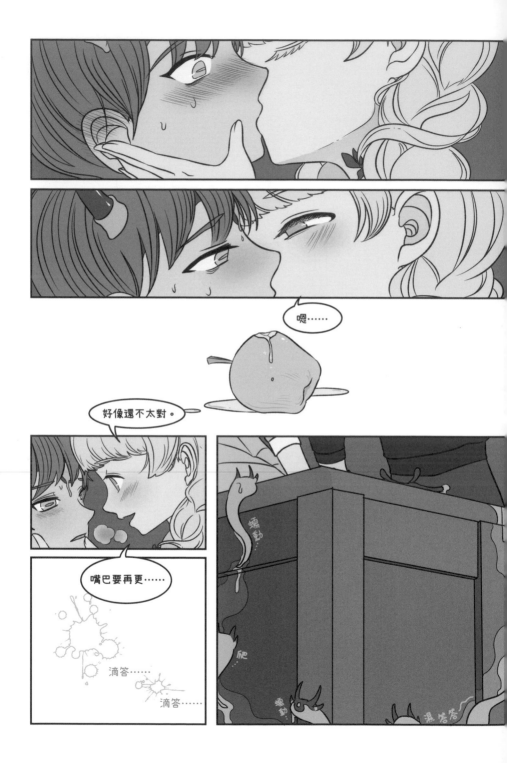

得趕快擦乾淨

……

珂萊因的好奇心
和那些圍繞著她的魔力
讓俐梅斯手足無措。

他只能花更多時間，
把自己關在骯髒的地窖
尋找不存在的解方，

以及處理掉那
越來越多的黏液。

白費力氣。

處理多少次，我們都會
捲土重來不是嗎♡

珂萊因正在慢慢地
改變。每一次來潮
都在她身上留下痕跡。

她的體內逐漸
被其他力量取而代之。

光環黯淡、羽翼凋零，
天使力量的衰弱讓她置身險境。

但她從不懂得避開
那些骯髒可怕的事物。

甚至喜歡
主動去接近它們。

珂萊因，
妳在做什麼……

俐梅斯！

你看，

我終於找到使用
這些力量的方法了。

可以盡情做
各種有趣的事……

你要一起
來玩嗎？

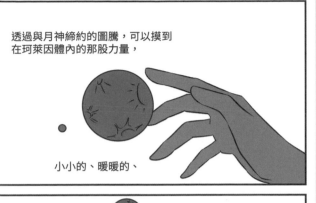

透過與月神締約的圖騰，可以摸到
在珂萊因體內的那股力量，

小小的、暖暖的、

濕濕黏黏的，

卻強而有力。

一模一樣。

和平常處理的
魔女的子宮
一模一樣。

珂萊因的笑容
看起來也

和魔女

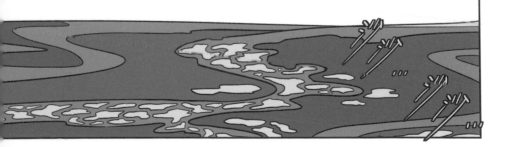

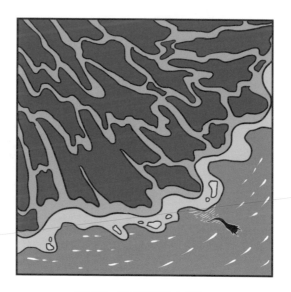

好奇怪,是哪裡開始出錯的?
為什麼一切會脫序成這個樣子?

俐梅斯、

俐梅斯！

你終於醒了？

這裡是……

咦？

癔病的黏液把一切都淹沒了。
俐梅斯正在分崩離析。

至於珂萊因……

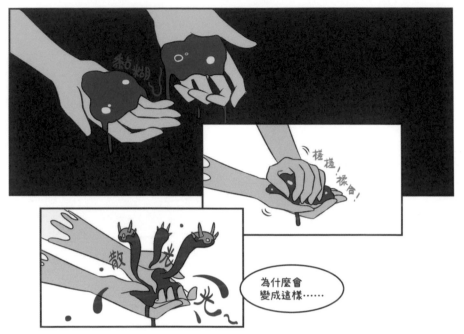

為什麼會
變成這樣……

對呀，為什麼
拼不回去呢？

我是說……妳。

我？

為什麼妳也
在這裡？

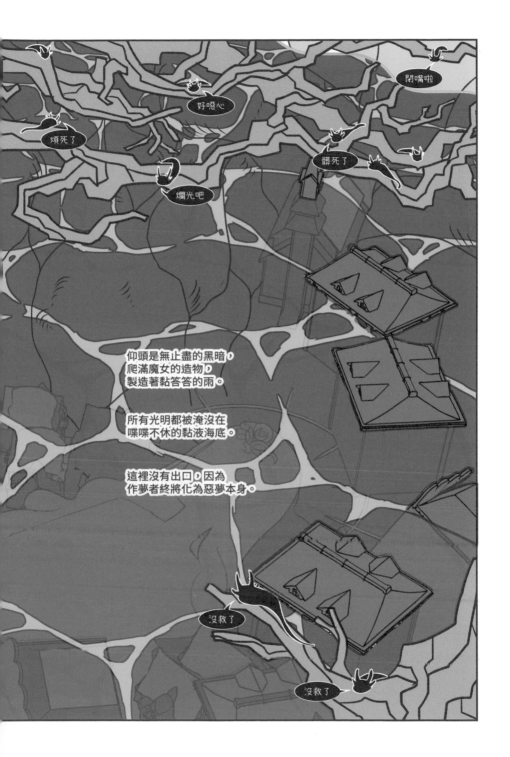

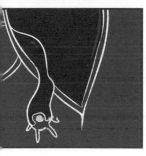

在溫暖的潮濕之中，為那將至的旅程，
他們跳起了舞。

Fin

Epilogue

每過一段週期就彷彿要墜落的器官；一覺醒來發現多了紅褐色污漬，險些被擦破的床單；被沖刷時，漂流的模樣宛如小小濕黏生物的血塊。「痛死了好想把子宮拿掉！」不只一次聽過這樣的抱怨，而我也不只一次夢到自己大刀闊斧，拔出這個不到巴掌大的小東西。不過拿出來以後呢？

如今癔病已經是隨著時代進步而不合時宜的謬誤。但我不禁想像，如果真的有某種力量——足以主宰一場宴會的，狂放、歡騰、不受控、無法解釋的力量，那麼在那股力量具象化的世界裡，也許有一群以子宮施法的魔女；一個對自身力量恐懼，而不知如何自處的小男孩；以及剛來到這個世界、取得了力量、卻還未完成自我定義的「珂萊因」。

珂萊因(Klein)的名字取自克萊因瓶。她是個在各項標準上都很模糊、卻又散發著強烈個性的存在，遊走於俐梅斯的內與外，最終將其從拘泥於淨污準則的困頓中引導出來。有趣的是，和責編開會時，我發現這個名字也相似於英國精神分析學家梅蘭妮·克萊因(Melanie Klein)，並和其研究領域也有所關聯。也許這就是冥冥之中自有定數吧！

這篇描繪想像中的癔病世界的童話到此便告一段落，十分感謝補助這部作品的文化部、給予各種協助與包容的奇異果文創、在我危急時神救援的好友們、以及以任何形式對這部作品贈與鼓勵和支持的讀者們。

若您在閱讀的過程獲得些許樂趣，就是我莫大的榮幸。

2021年5月　Kan

Sequel | | 有位魔女終於贏了賭局。有個新生命正在被孕育。有輛無主的馬車即將駛往森林另一端。

迷漫畫 003

癮病童話 Hysteria

作者：Kan

排版設計：Johnson

總編輯：廖之韻
創意總監：劉定綱

法律顧問：林傳哲律師 / 昱昌律師事務所

出版：奇異果文創事業有限公司
地址：台北市大安區羅斯福路三段 193 號 7 樓
電話：（02）23684068
傳真：（02）23685303
網址：https://www.facebook.com/kiwifruitstudio
電子信箱：yun2305@ms61.hinet.net

總經銷：紅螞蟻圖書有限公司
地址：台北市內湖區舊宗路二段 121 巷 19 號
電話：（02）27953656
傳真：（02）27954100
網址：http://www.e-redant.com

印刷：永光彩色印刷股份有限公司
地址：新北市中和區建三路 9 號
電話：（02）22237072

初版：2021 年 5 月 28 日
ISBN：9789860604764
定價：新台幣 420 元

本書獲文化部原創漫畫內容開發與跨業發展及行銷補助

MINISTRY OF CULTURE

Printed in Taiwan